늦가을 억새바다

늦가을 억새바다

김미환 시집

도서출판 도훈

『늦가을 억새바다』
　시집을 출간하면서-

　지난겨울에 처녀시집『고추잠자리를 기다리는 백일홍』을 출간하였다. 이번에 펴내는『늦가을 억새바다』는 두 번째 시집이다.

　내가 시를 쓰고 더구나 시집을 펴내리라고는 상상조차 할 수 없었다.

　대학에서 언론학을 전공하고 음악을 좋아했다.

　하루하루의 일상이 한 편의 시가 될 수 있다.

　시는 자연과 삶을 함축적이고 운율적으로 표현한 우리들의 기쁨과 슬픈 노래가 아닐까?

　시가 없다면 얼마나 삭막하고 허전할까. 분명히 시는 세상을 아름답게 하는 윤활유가 틀림이 없다.

　자연에 대한 겸허한 마음과 자세는 물론, 삶에 진지한 접근으로 늦은 가을, 푸른 하늘 아래서 바람에 흔들리는 억새풀 바다를 체험해 본다.

2021년 여름
우면산에서　김 이 환

차례

해설

1부

4월의 향기

4월의 향기

초하룻날 만우절에는 바보 같은 순진한 이야기를
뿜으며 서로서로 속이고 속는 세상이 된다. 하루 차이
청명과 한식날은 봄의 시작을 알리고 겨울잠 자던 농
부를 깨우려고 부산스럽다.

농부는 논밭 갈아 하늘에 구름을 펴고
씨를 뿌려 땅을 푸르게 가꾼다

오동나무에 꽃이 피면
마을 입구 오색 무지개와 노고지리 우지진다
곡우에는 내린 비가 땅을 기름지게 하고
못자리 준비에 바쁜 4월
농부는 콧노래를 부르고
들판에 라일락 향기가 퍼진다

나의 좌우명

정직하게 살자!
거창한 좌우명이 아니더라도,
살아오면서, 살아가면서 지켜야 할
좌우명 하나는 있어야겠다.
돌아가신 어머니께서는 늘 욕심부리지 말라고 하셨다
아버지께서는 정직하게 살라고 강조하셨다

현대그룹의 정주영 회장은 "시련은 있어도 실패는
없다"로 유명하다 "이봐 해봤어"로 항상 먼저 솔선수
범하셨던 우리나라 재계의 큰 별이시였다

삼성을 창업하신 이병철 회장은 "겸허"를 좌우명으
로, 기업 경영의 신이라고 불리는 일본의 파나소닉 창
업자 마쓰시타 고노스케 회장은 "겸손"을 좌우명으로
세계적인 기업을 이루었다

나는 욕심부리지 말고 분수에 맞게 정직하게 사는
것이 나의 좌우명인 것을 자랑스럽게 생각한다

작은 그릇도 비워야
채울 수 있다

새해의 기도

2021년, 신축년 새해 하얀 얼룩소와 같이 땀 흘려 새로운 변화를 끈끈한 인연으로 묶어 많은 위기를 뒤로하고 하늘 높이 오르게 하소서!

찬란한 햇살을 받아서 일상과 몸이 새롭고 국운이 날로 상승하여 한시도 머물지 않는 참 세상이 되게 하옵소서!

대지에 우뚝 선 나무처럼
너와 나, 우리에게
꿈으로 가득 채워주고
사랑으로 이어지기를
두 손 모아 기도합니다.

봄바람

봄바람이 분다
언 땅이 녹으니
냇물이 흐른다

들판엔 볕이 들고
솔솔 부는 봄바람
꽃은 붉게 피었다

부르다 잊혀진 이름
그립고 보고픈 친구
상큼한 봄과 함께 온다

봄바람은 누구를 찾아
어디서 와, 어디로 가고 있는가

어머니

낙엽 우수수 떨어지는
가을 햇살 양지바른 곳
감잎이 뒹구는 소리에
고양이 놀래서 잠 깨다.

어머니께서는 빨간 고추 널며
옛이야기를 하시는가
묻지를 않아도 계속해주던 얘기
내가 철들어서 알아들을 줄 아셨나.

누군가에 지어준 이름
항상 그림자처럼 따라다녀
나는 너 답게,
너도 나를 품고 싶다 안기고 싶다

내 어머니, 우리 어머니!

천년 느티나무

천년을 이어가는 생명력
너그러운 포용력이 으뜸이다
잎새와 줄기는 선비
무늬와 색상은 새악씨
고고한 자태를 지니며
새 가지 위와 아래로 나누어 눈꽃을 피운다

삼척에 긴 잎 느티나무는
천년의 역사 지켜본다
유물과 유적은 역사에 드리우고
역사를 증언하듯 하루종일 재잘거린다

귀목의 생명력은 영원하고
가지에 스치는 바람이 슬기롭다
국태민안의 자태를 뽑낸다

섣달그믐날

2020년 경자년 !
쥐띠 해를 보내고
2021년 신축년
흰소띠 해를 맞는다.

섣달그믐날이 가기 전
내가 정리 할 일들이
무엇이 있을까.

주변에 신세를 진 분께
안부와 인사를 전하고
묵은 편지에 답장을 하고
마음에 진 빚을 갚는다

아무리 생각해 보아도 운명의 굴레를 벗어나지 못
하였으니 싸리문 열고 기다린다

섣달그믐날 가기 전에

흰 옷 입은 어머니의 정성

주름 잡힌 얼굴로

흰 눈처럼 소복이 쌓인다

까치 한 쌍

아침마다 까치 한 쌍이
키다리 호두나무 가지와
감나무 아래 대추나무에 앉았다가
빨간 기와집 지붕 위에서
한참동안 짝짓기를 한다

다른 새들이 올까봐서
서로가 두리번두리번 망보고
짹짹짹 아침 인사 나눈다
산수유 노랗게 피어나
배롱나무 깊은 잠 깨우고
찔레넝쿨 기지개 필 때이다

만리향은 외출 채비를 하고
동자나무 빨간 저고리에
연분홍 진달래꽃도 피었는데
석류꽃은 언제 피려 저러나

겨울 추위 이겨낸 복수초가
노란 모자 쓰고 뽐낸다

병풍처럼 둘러쌓인 동백
까치 한 쌍의 보금자리.

노을이 진다

옛날에 이 길을
책가방 허리띠에 걸쳐 메고서
눈이 오나 비바람 쳐도
초등학교에 다니던 논둑길
산모퉁이 지나 목화밭
사단멀 동네 우물가 밑에
밀물 썰물 맞닿는 냇가
디딤돌다리 밀물 차면
멀리 돌아간 성북리 마을
자주 보던 성황당을 피해
도착한 성내리 초등학교
반가운 친구들을 만난다

연분홍 살구꽃이 피고지면
능금꽃 희게 피고
복사꽃 곱게 물든다
저무는 황혼길에는

뻐꾹새 구슬피 울고

노을이 서럽게 진다

봄 햇볕

봄 햇볕
누굴 비추나
땅속에서 들리는 숨소리

흙냄새
물씬 스치면
꽃망울 터져 나오고

바람 따라
하늘에 손짓
해님도 방긋 웃는다

강물처럼
춤춰 보라고
미소 짓는다
풀잎 함께 춤춘다

사랑은 주는 것

아름다운 꽃은 향기를
멀리 퍼트리지 않으며
피어날 때보다 지을 때
더욱 아름답습니다.

무지개가 아름다운 것은
잠깐 떠 있다가 소리없이 사라지기 때문입니다.

아름다운 사랑은
받는 것이 아니라 주는 것입니다.

아름다운 인생은
잠시 머물다 가는 것!
너무 슬퍼하거나 노하지 말지어다.

신축년 소망

소처럼 신뢰를 주소서
소처럼 편안케 하소서
묵묵히 일하는 끈기와
책임지는 한 해 되소서
주관과 고집을 버리고
포용하고 화합 하면서
용서하고 감사드리는
흰소띠 해가 되소서
새해는 하나님이 주신
축복이며 선물입니다

새 봄, 새 희망

흰소띠 해,
2021년 신축년이 밝았어요
어둠 깊은 곳에서 새벽빛이 움트듯이
한겨울 땅속으로 새 기운이 꿈틀거려
암울한 겨울 이겨내고
새봄, 찬란한 희망을
함께 꽃피워 갑시다

흰소띠 해 2021년은
희망의 새 빛 솟아나
뚜벅뚜벅 우보천리를
흔들림 없이 걸어가는
보람찬 한 해가 되소서
새봄 새 희망 함께해요

산사의 노을

정월 초사흗날에 우면산에 오르니

산까치 짝 찾으려 소리 내 울고 있고

늘 푸른 소나무는
구름 찾아 헤맨다

고요한 산사 염불 소리
국태민안 빌면서

대성사의 노을은 서리플에 잠든다

봄비

봄비가 내리는 창가에 앉아서
누굴 기다리나

찾아오지 않는 그 사람을 위해
하루종일 내리네
그치지 않고 오네

빗물은 모여서
강으로 흐르고
바다로 떠나는 데
돌아오지 않을까

삼월 초하룻날
봄비가 내리네

들꽃

내 멋대로 꽃도 피고

열매도 맺어봐요

누가 상관하든 신경 쓰지 말고 살아봐요

무수히 짓밟혀도

아파하거나

슬퍼 울지 말아요

또 봄은 오고야 마는 것

그때 가서 우리 웃어요

함께 웃어요!

들풀사랑

겨울, 산과 들에

쌓인 하얀 눈이

햇살에 녹아 봄이 온다

들풀향기는 하늘 위로 솟아오르고

봄바람 따라

들꽃향기 가득 피우고

걸음마다 꽃향기 밟히면서

봄을 피운다

2부

꼬부랑 소나무

꼬부랑 소나무

대왕산 남쪽 줄기 고갯길
홀로 선 노송 한 그루
삼백 년 마을 지키면서
꼬부랑 할머니 되었다

경주김씨 종산을 바라보며
영조대왕을 기리면서
정2품 벼슬까지 버리고
꿋꿋이 마을을 지켜 왔다

작은 마을을 사랑하는 사람
바다를 좋아하는 아이들
모두가 꼬부랑 소나무를 지켜 왔다

오늘도 산과 바다에서
불어오는 바람
꼬부랑 소나무는 말없이 우뚝 서서
대천의 역사를 또 한 줄 써내려간다

냅둬유~

여름 휴가철 바닷가 해수욕장
신작로 좁은 길가로
참외를 팔러 나온 충청도 아줌마에게
서울 말씨 신사 한 분이 흥정을 하고 있다

이러쿵저러쿵 참외 값을 깎다가
갑자기 충청도 아주머니가 큰소리로
"냅둬유ㅠ"
하면서 꽝주리에 참외를 주섬주섬 담으면서
"우리 집 돼야지에게나 먹여야겠다"고
퉁명스럽고 화난 표정을 지으며 어디론가 총총 사라
졌다.

어찌 그럴 수가 있을까?
참외 하나를 좀 싸게 사려고 깍으려는 서울 신사나
흥정을 막무가내 저버리고 참외 바구니를 머리에 이고
상기된 표정으로 자리를 떠나는 충청도 아주머니

"냅둬유"는
부정일까? 욕설일까?
지금도, 눈에 선한
냅둬유!
그냥 둬유ㅠㅠ!
왜 그래유?
시방!

함께 살다가네

높은 산에서 흐르는 물
먼저 가려고 서로 다투지 아니한다.

티 없이 밝은 달은
구름을 마다하지 아니한다.

경쟁심도 내려놓고
누굴 탓하지도 말며
바람처럼 구름처럼
그저,
함께 살다 가라네.

두루뭉술

만경창파 풍랑 일렁이고
천년 고목도 바람에 흔들려

육 척 단신 인생인들 어찌
흔들리지 않을까

세월 가면 제풀에 모두 다 꺾이겠지
기다릴 수밖에

두루뭉술 넘어가려고
못 본 채 그냥 지나가려고
흔들리지 않는 인생 어디 있으랴

동네 찻집, 꽃집

은은한 커피 향에
잔잔한 음악 흐르고
꽃을 피우는 찻집

꽃을 닮은 너,
너를 담은 나
새봄엔 희망을 본다

반드시 온다는 행복의 메리골드
우리들 운명의 꽃

세이지 꽃처럼 세상을 만나
다가올 행운 빈다

너에게 보낸다

높고 푸른 하늘
뭉게구름 여기저기
바람이 불어 좋다

이 좋은 하늘
이 좋은 구름
이 좋은 바람

누구에게 보낼까
한참을 망설이다
너에게 보낸다

풀잎인생

밟히고 흔들린다
꺾이고 천해 보인다
하찮고 보잘 것 없다
언제 없어지거나
누가 가져갈지 모르는
이름 모를 풀잎이지만
어딘가 주인이
기다리고 있습니다
꼭, 오고야 말겁니다

바람이고 싶다

아직은 바람이고 싶다
꽃을 보면
살짝 흔들어 보고 싶은
신사가 되고 싶다

여인의 치마를 흔드는
산들바람이 되고 싶다
들꽃 사진을 찍어
누군가에 보내고 싶다

바람 부는 데로 어딘가
정처 없이 떠나고 싶다
오라고 하는 곳 없어도
지금은 바람이고 싶다

풀피리

풀잎 하나 꺾어 물고서
푸른 하늘을 쳐다 본다

풀피리를 물고
내 마음속 흥을 분다

꽃 따라 나온 동네 처녀들
풀피리 소리만 따간다

풀피리 소리 흠뻑 담아
봄단장을 한다

배롱꽃을 찾아가는 고추잠자리

온종일 기다리다 지친 배롱꽃
고추잠자리 오는 소리에
귀 쫑긋, 눈 깜빡거린다.

벌, 나비가 와도 시큰둥
고추잠자리 기다리다 이슬비에 젖은 배롱꽃

배롱꽃을 찾아나서는
위풍당당한 오색 꼬리와
금빛 찬란한 머리와 눈동자
가을 햇볕에 빛나는 붉은 날갯짓
오늘도 고추잠자리는 배롱꽃을 찾아간다.

노세 노세, 젊어서 노세

흐르는 강물은 다시 돌아오지 않고
떠도는 구름은 다시는 볼 수가 없네
사내 머리 위에 내린 흰 눈은
봄바람이 불어와도 녹지를 않는다

봄은 가고 또 오는데,
찾아온 늙음은 쉴 줄을 모른다
봄이 오면 저절로 찾아오는 들풀,
젊음은 붙잡아도 머물지를 않는다

꽃은 다시 피어 아름답지만
늙으면 추억만 서럽게 아름답다

꽃향기는 백리를 가고
사람 향기는 만리를 간다는데
가장 가까이 있는 사람이
가장 소중하다.

들꽃 2

돌에 채일세라
발에 밟힐세라
눈비를 맞을세라
바람에 흔들세라

햇볕 드는 곳이나
그늘진 곳에서나
항상 미소를 짓는
사랑스런 들꽃이여

이제는 편안하리라
늘, 행복하리라

목단꽃

회색빛 담 너머로 붉은 자주색 목단꽃이 홀로 피었다.
고귀한 자태를 뽐내며 봄바람에 겨워 춤을 춘다

화려함에 안겨 오가는 사람들의 눈길을 사로잡으며
봄 햇살을 껴안는다

자주색 옷깃을 입에 물고 싸릿문에 기대어서
목단꽃과 함께 해가 저무는 줄 모른다

연결고리

끊어진 듯해도 어딘가 이어진 곳이 있겠지요

세상과 세상이 그렇듯 마음과 마음의 고리는

이어진 듯이 끊어졌고 끊어진 듯이 이어져

분명히 연결고리 있어요

오래 살다 보면 연결고리가 있어요

장끼 한 쌍

한적한 산모퉁이
토막집 황토밭
따스한 햇볕이 쪼여
눈싸래기 녹고 있는데
장끼 한 마리
까투리 찾아
요리 조리 헤맨다.

장끼의 울음 소리가
메아리쳐 돌아오면
까투리는 쏜살같이
행복 찾아 다가온다

월명산

월명산* 하얀 눈 녹으면
지작냇물 맑게 흐른다
봄이 오는 소리에 놀라
꽃망울 터트린 홍매화

자연을 이길 수 없듯이
우리는 자연의 일부다
비우고 버리고 벗어라
계절이 운명을 바꾼다

월명산 : 충남 서천군 비인면 성내리 소재. 서해 바다가 보이는 298m의
낮은 산

정월 초사흘

정월 초사흘에
우면산을 오르니
내 안의 산이 흔들렸다

그 산속 까치가 짝을 찾아
소리 내어 울고
소나무도 겨울바람에 맞서
춤으로 화답한다

새해 안녕의
산사 염불 소리 따라 가면
내 산의 끝이 있는가
그 산을 넘어가려면
산을 내려와야 하리라
바위도 오랜 침묵에 녹아버리고
내가 가벼워질 즈음에

대성사의 해질녘을
서리풀이 잠재우리라

섣달그믐날 2

살다보니
여기 또 들렸네

오다보니
그 자리에 또 서 있네

달력 한 장
덜렁덜렁

섣달그믐
지새우는데

하얀 소 한 마리가
기다리며 반기네

3부

영흥도의 밤

영흥도*의 밤

푸른 하늘 위에

하얀 뭉게구름

억새풀 춤추는

영흥도 포구에

갈매기 울음소리에 맞춰서

노 젓는 뱃사공 콧노래

바지락 캐는 아낙네

들물 따라 바쁘다

화가마을 펜션에서

꿈 좇아 함께 모인 서울 나그네들

별길 따라 찾아든 영흥도의 밤은

파도에 쓸려 추억으로 간다

* 영흥도 : 인천시 옹진군 영흥면, 700세대, 인구 2,000여 명

파란 빨랫줄에 찾아 온 손님

요즘 아침 날씨는 가을 기온보다 좀 차가워서 고추 잠자리가 파란 빨랫줄을 찾기에는 추운 날씨다

고추잠자리는 어느새 천연기념물로 등극했다

기다란 장대 끝에 앉자 가을 하늘 푸르러 즐거워한다 황금 들판 풍성한 할머니 댁에 빨간 편지가 되어 날아 갑니다

고추잠자리 동요 가사는 재밌다

윙윙윙 고추잠자리는 마당 위로 하나 가득 날으네 윙윙윙윙 예쁜 잠자리 꼬마 아가씨의 머리 위로 윙윙윙!

파란 하늘, 높은 하늘에 흰 구름만 가벼이 떠있고 바람 없는 여름 한낮에 꼬마 아가씨 어딜 가시나, 고추잠자리 잡으러 예쁜 아가씨 잡으러 등 뒤에다 잠자리채 감추고 가시나. 윙윙윙윙

고추잠자리 이리저리 놀리며 윙윙윙윙! 윙윙윙 꼬마

아가씨 이리저리 쫓아가며~~

  가을이 익어가면 고추잠자리도 날기 시작합니다 고
추밭의 고추가 빨갛게 익어가듯이~~

  고추잠자리는 숫컷만 몸이 빨개서 붙인 이름
  아아 나는 아직은 어린가봐~~그런가봐~~ 엄마야 나는
왜~(중략) 가을빛 물든 언덕에 들꽃 따라 왔다가 잠든 나
~~엄마야 나는 어디로 가는 걸까? 조용필 가수의 고추
잠자리 노랫말처럼

  고추잠자리는 늦은 여름부터 가을에 찾아오는 귀한
손님이다
  우리 집 파란 빨랫줄에 찾아오는 고추잠자리는 더
욱 귀한 내 친구이다

이슬 맺은 배롱나무

배롱꽃이 흠뻑 젖어 있었습니다.
누가 이 황량한 부둣가에 들어와
배롱꽃을 적셔 놓았을까요
바다 위에서 춤추는 갈매기일까요
슬피 우는 뱃고동소리일까요
속속들이 젖어드는 배롱꽃에게
우산이라도 씌워드리고 싶었습니다.

그러나 나는 놀라서 주춤 물러났습니다
배롱꽃 꽃망울이 터지려는 찰나였습니다
하늘에서 가랑비가 내렸습니다
이슬비에 젖어도
꽃봉오리 속이 환해져왔습니다

용트림 치는 파도 넘어 연락선이
배롱꽃에게 손 흔들며
물결을 가르고 있었습니다

우면산에 올라

서리플을 굽어 품고
한강 너머 남산을
지긋이 본다

소가 누워 잠자고 있는 형상을 한
우면산은 아무 말이 없다

가을 하늘 하얀 구름은 소망탑을
앙가슴에 안고

대성사의 처량한 염불 소리에
우면산은 아무 대답이 없다

대추알과 솔바람

대추나무 잎새 사이로
새벽 솔바람이 쌉쌀하게 돌아다닌다

하늘을 향해 발돋음하는
대추나무 꽃잎들의 재잘거림에
아침 햇살이 환한 미소로 머문다

한여름의 소낙비 내장을 핥는 소리에
몸을 불리는 대추알들

우면산에서 불어온 솔바람이
붉은 옷으로 갈아입는
대추알의 비밀을
살며시 훔쳐본다

배롱꽃 마실 간다

립스틱 연하게 바르고
홀로 담 밑에 서 있는 배롱꽃은
마지막 가을밤을 붙잡고 있다

연분홍 배롱꽃은 뽑내며
립스틱 향을 풍기고 있다

간지럼 타기 좋아하는 배롱꽃은
가을바람에 넘실넘실
가마에 걸쳐서 동네방네 마실을 간다

백 일 동안 피는 배롱꽃
우산을 받지도 않고
혼자 바람 소리 들으며
이슬비를 모은다

정말 그리워서

정말로 보고 싶어서
자꾸만 생각이 나서
너무나도 그리워서

사랑이란 두 글자가
얄밉기만 하고
야속하기만 합니다

두고두고 후회하고
못 견딜 것 같아
눈물마저 메마른다

쉼 없이 가는 세월
세상만사 다 변하는데
함께 갈 수 없으니
참, 슬프고 미안해
하얀 눈만 내립니다

그냥 갈 수 없어

잘못 들어선 길
그냥 갈수는 없네
너무나 많이 왔기에…
돌아 갈수도 없네
이럴 때는,
잠시 쉬었다 가야 하나

잘못 들어선 길
그냥 갈 수는 없네
원점으로 되돌아가서
다시 출발하여도
늦은 것이 빠를 수도 있어
직선이라고 반드시
가까운 것은 아니다

늦가을 억새바다

억새풀이 억세게 바람에 출렁인다
영남 알프스 은빛 가을 햇솜처럼
부풀어 오른 억새풀
억세게 출렁인다

늦가을 억새바다
은빛 억새가 하늘 누빈다
백두대간 등줄기가
하늘을 뚫을 기세로
솟아오른다

영남알프스의 관문 간월재,
달이 넘어가는 마루고개
눈처럼 쌓인다
억새풀 슬피 울어, 울어
가을 오는 소리를 낸다

어찌하나요

너무나 멀리 떠나가지 마세요

뒷모습이 보이고
목소리가 들리는
그곳까지만 가세요

더 멀리 멀리 떠나가지 마세요
돌아올 거리도 염두에 두세요
다가 설 만한 거리를 남겨두세요

어찌하나요, 어찌해!
내 사랑아!

귀뚜라미 울음소리

뉘엿뉘엿 해가 지는 저녁노을
쓸쓸히 들려오는
귀뚜라미 울음소리

뚜르르, 뚜르르, 뚜르르
아기 귀뚜라미
더듬이 곤두세우고
어미 따라간다

어미를 놓친 아기 귀뚜라미가
엄마, 엄마, 뚜르르, 뚜르르~
밝은 달을 서글프게
수를 놓는다

산속 사계절

문명을 등지고
깊은 산속에서 살면
계절 바뀌는 줄도 몰라

꽃 피면 봄 향기 마시고
고추잠자리 여름 춤추고
오동잎 가을밤 소리

처마 끝 고드름에
아이들 헌 옷 찾아주는
겨울 눈이 내린다

지나가지 않는 것은 아무것도 없다

시인은
새봄이 오기도 전에 혼자서 냉이를 캐는
새색시의 텅 빈 소쿠리에 비유하거나,
추운 겨울에 내리는 하얀 눈송이나
봄에 오는 빗방울로 표현을 하기도 한다.
시를 읽고 쓰게 되면 내 가정과 종교는 물론,
인생을 돌아보게 된다.
앞으로 살아갈 일상을 기록하고
지난 세월의 잘못을 뉘우치며 생을
마감할 준비를 하게 된다. 그러므로 시집은
하나의 유언이다.
꿈이 있는 사람은 늙지 않는다.
시를 좋아하는 사람의 마음은 항상 평화롭고 젊다.
무너져가는 사회정의와 공정한 사회를 위해서라도
시를 사랑하고 가까이 해야 한다.
모든 것은 다 지나간다.[*]
지나가지 않는 것은 아무것도 없다.

[*] 이해인 수녀의 「백일홍 편지」에서

매미 울음소리

말복날 아파트 단지에서
울려 퍼지는 매미 소리가
더욱더 처량하게 들린다

혼자 우는 매미 소리와
다같이 합창을 하면서
울며 한여름을 보낸다

어느덧 여름 지나 가을
이오면 매미는 허물을
벗고 이 세상을 떠난다.

아무것도 남긴 것 없이
빈껍데기만 버려두고
한 세상을 스쳐서 간다

사는 게 별거냐

캄캄한 밤이 지나면
환한 새벽이 오듯이
추운 겨울이 지나면
따뜻한 봄이 온다

어렵고 힘든 세월이 지나면
반드시 좋은 시절이 온다

사는 게 뭐 별거더냐
옷 한 벌을 걸쳐 입고
욕 안 얻어먹고 살면
그것으로 다행이다

사는 게 별거 아니다
욕 안 먹고 살면 된다

맞다, 그게 맞다

가을 하늘 높고 맑아
삼라만상 아름답다
옛것 익혀 오늘을 살고
오늘 지나 내일로 간다
맞다, 맞다, 그게 맞다!

꽃향기는 멀리 가고
낙엽 소리는 더 멀리 간다
그리움은 한없이 길지만
사랑은 멀고도 가깝다
맞다, 맞다, 그게 맞다!

외로운 당신

하얀 꽃병에
배롱꽃 한 송이
외롭게 피었다

빨간 고추잠자리
기다리는
연분홍 배롱꽃
언제 오려나

이제나, 저제나
당신을 기다리다
이슬비에 젖는다

외롭게 핀 배롱꽃이
더욱 붉어지는 밤

그냥 좋은 대로

그냥 생긴 대로
사는 것이 제일 좋다
그냥 있는 대로
지내는 게 가장 편하다
꾸미고 멋 내고
살다 보면 어느 순간에
실증이 날 때가 있다
그냥 좋은 것이
가장 좋은 것이다
좋은 부분이 있어서
좋아하는 게 아니라,
좋아하기 때문에
그냥 좋은 것이다

4부

사프란 겨울 꽃

사프란 겨울 꽃

창포꽃, 붓꽃처럼 핀
노란색 겨울 꽃
독특한 향기 속에서
쓴맛, 단맛 내는 귀한 향신료
벌꿀들이 찾아드는
금보다 비싼 사프란

환희는 순간이고 지나간 행복일 뿐이다
쓴맛은 오래 기억되고 단맛은 순간일 수 있다
은은한 향에 취해서
귀하게 쓰임 받는 사프란

겨울에 외롭게 피는
사프란꽃을 품는다

겨울비 내린다

어제, 대한 추위 지나
입춘이 멀지 않는데
진눈깨비 소식이 없고
겨울비가 내리고 있다

만리향은 님 찾아 만리
천리향은 벗 찾아 천리
추운 겨울 눈발 속에서
동백꽃만 홀로 피었네

겨울비 혼자서 내린다

까치 발자국

하얀 눈 위에

까치 발자국

귀한 손님 오려나

까치 울음소리에

흰 눈발이 날린다

까치 발에 핀

빨간 꽃 하얀 꽃

발이 시려도

손님을 마중하는 길

꾹꾹 밟아 준

까치 발자국

겨울 파도

하고픈 말
하얀 파도에 물어 본다

주고픈 마음
하얀 거품에 던져본다

말할 수 없는 그리움
겨울바다에 전해본다

눈 빠지게 기다린 날들
흰 모래에 새겨본다

번민스러운 날
백사장에 드러누워
구름 따라
너에게 간다

흰 구름 따라

겨울 파도 따라

너에게 간다

첫눈

첫눈이 내린다
우리 집 담장 너머로,
산수유 빨간 열매 위에
하얀 눈이 쌓인다
첫눈이 내리면
귀한 손님이 온다
좋은 소식 기다린다

첫눈이 내린다
소복소복 쌓인다
내 머리 위에도,
내 가슴 속에도
온 세상이
하얀 눈으로 덮인다
하늘에서 하얀 복을 내린다

겨울을 품은 사프란꽃

꽃잎들이 서로 볼을 간지른다
바람이 노란색 사이에서 살랑인다
그 살랑임 따라 진한 향이
산자락을 감는다

사프란을 품고 있던 산이
현기증으로 멀미를 한다

사프란의 속내가
벌 나비의 나래에 실려와
달콤하고 쌉쌀하게
내 몸 속 깊숙이 뿌리를 내린다.

비운 만큼 채우려고
외롭게 겨울을 타는
사프란꽃을 품는다

하얀 눈

커튼을 열고
창밖을 보니
하얀 눈만 가득하다

아침부터 찾아 온 손님
나란히 집으로 다가온 발자국
현관문 열어 보니
아침 소식이 웃고 있다

너였으면 좋았을 걸
하얀 눈만 쌓인다

하얀 눈만 내렸다.

마지막 달력

달랑 남은 나뭇잎새
바람 따라 휘날린다
달랑 남은 달력 한 장
세월 따라 휘날릴 때
내 손으론 찢을 수 없어
바람만 탓한다.
썰렁한 저녁 찬바람에
뭉클해 저미는 숫자들
홍시나무에 까치 한 쌍
재잘거리며 노을을 먹는다

겨울방학

문득,
겨울방학 때
오랜만에 찾아간 시골 초등학교

흰 눈이 쌓인 운동장에
사람 발자국은 안 보이고
꼬마 참새 발자국만
그림처럼 펼쳐져 있었는데

난로에서 뿜어낸 연기는
하얀 고드름으로 남아있는데
햇볕에 추운 몸 녹이고
너무 고마워 고드름처럼 뚝뚝
흘러내렸다

첫눈 2

첫눈이 내린다
하얀 송이마다
매달린 사연
바람 따라
땅위를 사뿐히
내려앉는다

내리자마자 눈물 되어
흙속으로 스며든다
강과 바다로
멀리 떠나는 구나
강물이 되거라
바다가 되거라
하늘에 올라 바람이 되어
임 찾아 가서 속삭이어라

눈사람

햇볕은 싫어요
찬바람이 좋아요

비바람은 싫어도 구름은 내 친구죠
하얀 구름 위 걷듯 사뿐사뿐 걸어서
어지러움 꾹 참고 굴러굴러 왔어요

두덩어리 합쳐서
한 몸이 되어서야

눈. 코. 입 그려 넣고
빨간 모자 삐뚤게 쓴

하얀 발자국 따라와
사람으로 태어났어요

흰 눈 쌓인 홍화문

홍화문에 함박눈 수북이 쌓여
한강물 살얼음이 얼고
남산은 하얗게 물들었다

혜화동 마로니에 언덕
창경궁의 정문 홍화문은
광해군을 그리며 닫혔다

닫힌 문은 언제 열릴까
미소 지으며 내리는 눈
홍화문에 흰 눈 쌓인다

첫눈 내리는 날

첫눈은 선물입니다
첫눈이 내리는 날이면
당신이 보고 싶습니다
오늘은 내 안의 꽃
한 송이를 심었습니다
오늘은 당신 생각만 합니다

그래서
첫눈은 행복입니다

달빛 잠언箋言

앞을 가리는 구름에게도
화를 내지 않는 달빛이
티 없이 밝게 웃고 있다

달빛은 바람을 타고
서로 앞서려는 경쟁도 없는 물줄기를
어루만지며 건너간다

나는 아무것도 기억하고 싶지 않고
질서 없이 무너지는 시간도 있다
지금이 그런 때
달빛은 먹구름 속에서 표정이 일그러지며
나에게
바람을 타고 구름을 따르라 한다

물드는 삶을 생각하다

– 박수빈 (시인, 문학평론가)

물드는 삶을 생각하다

박 수 빈 (시인, 문학평론가)

노을이 지는 모습은 분위기가 있다. 하늘을 바라보며 쳇바퀴처럼 돌아가는 일을 잠시 내려놓는다. 여러 감회가 스치고 마음속을 거닐게 된다. 꽃 피는 시절에 소나기가 다녀가기도 하고 낙엽 지고 눈이 내리기도 하면서 연륜이 쌓인다. 살다 보니 인생사 후반전이구나 싶어 만감이 교차한다. 그런데 주위를 돌아보면 여전히 우여곡절이며 이 사회의 일원으로 지내는 일이 고단하다.

김이환 시인의 두 번째 시집 『늦가을 억새바다』에는 노을 지는 생에 대한 사유들이 자주 등장한다. 세상은 변화무쌍하다. 뉴스는 이모저모의 동정을 실어 나른다. 산다는 건 어쩌면 이런 하루하루를 겪는 것이 아닐까. 하루가 별거 아닌 것 같아도 어떤 이는 이별을 겪기도 하고 누구는 결혼하고 퇴원을 하기도 한다. 날마다 새로운 하루가 문을 열지만 완벽하게 데칼코마니처럼 겹치는 날은 없다. 어느 날은 부음을 듣기도 하고 그릇을 깨기도 하고 옷을 사는 등 여러 가능성이 열려 있다. 이런 확률 중에서 그때마다 최선을 다해야 훗날에 후회가 없을 것이다.

중요한 것은 우리가 보낸 하루가 모여 실존의 문양을 직조한다는 점이다. 하루는 존재를 이루는 토대가 된다. 아무쪼록 저마다 여기까지 숨차게 살아왔다. 하루가 없다면 일생이 없을 테니 얼마나 중요한가. 시집을 일별하면 김이환 시인은 하루하루의 일상성을 다루면서 금생에 감사한 마음을 담고 있다.

하루는 활동의 범주가 되는 시간이자 공간의 영역에 놓인다. 이를 벗어나면 공허하고 뜬구름 같은 추상이 될 것이다. 개인마다 조각들이 합쳐서 통시성이 성립된다. 누구에게는 23시간이 주어지고 어떤 이에게는 25시간이 주어지는 법이 없다. 무심히 흘러가기 쉬워서 그냥 보낸 날이 안타깝기도 하다. 법과 사회질서 아래 24시간이라는 모두 같은 하루. 삶을 꽃에 비유하면 꽃받침인 하루. 하루가 받쳐주지 않으면 온전할 수 없는 하루. 흘러가 버리면 되돌아오지 않아 시인은 날마다 충실하며 수필을 쓰듯 기록하고 읊조린다.

　시집에는 "배롱꽃", "고추잠자리", "우면산", "새해", "섣달", "노을", "해질녘", "구름" 등의 서정적인 단어들이 주로 나오며 자연친화적이다. 자연에는 시비가 없고 경계도 없어서 자연에서 안온함을 느끼나 보다. 한 예로 "월명산 하얀 눈 녹으면/ 지작냇물 맑게 흐른다/ 봄이 오는 소리에 놀라/ 꽃망울 터트린 홍매화// 자연을 이길 수 없듯이/ 우리는 자연의 일부다/ 비우고 버리고 벗어라/ 계절이 운명을 바꾼다"(「월명산」)는 발화에서 전원적이며 겸허한 자세를 읽을 수 있다.

　「정월초사흘」에서는 "정월 초사흘에/ 우면산을 오르니/ 내 속의 산이 흔들였다// 그 산속 까치가 짝을 찾아/ 소리 내어 울고/ 소나무도 겨울바람에 맞서/ 춤으로 화답한다// 새해 안녕의/ 산사 염불 소리 따라 가면/ 내 산의 끝이 있는가/ 그 산을 넘어가려면/ 산을 내려놓아야 하리라"거나 「나의 좌우명」에서 "욕심부리지 말고 분수에 맞게 정직하게 사는 것"이라기에 안분지족과 내려놓은 마음을 알게 된다.

　어떤 식견과 감성으로 세상을 바라보는지가 시인의 내면의식을 파악하는 관건이 된다고 할 때 흐르는 정서는 아련한 그리움을 기반으로 한다. "부르다 잊혀

진 이름/ 그립고 보고픈 친구"(「봄바람」) 뿐만 아니라 "정말로 보고 싶어서/ 자꾸만 생각이 나서/ 너무나도 그리워서"(「정말 그리워서」)로도 감지할 수 있다.

「겨울 파도」에서는 "하고픈 말/ 하얀 파도에 물어본다// 주고픈 마음/ 하얀 거품에 던져본다// 말할 수 없는 그리움/ 겨울바다에 전해본다// 눈 빠지게 기다린 날들/ 흰 모래에 새겨"보며 그리운 대상에게로 다가간다.

"옛날에 이 길을/ 책가방 허리띠에 걸쳐 메고서/ 눈이 오나 비바람 쳐도/ 초등학교에 다니던 논둑길"이었는데 세월이 흘러 "연분홍 살구꽃이 피고지면/ 능금꽃 희게 피고/ 복사꽃 곱게 물든다/ 저무는 황혼길에는/ 뻐꾹새 구슬피 울고/ 노을이 서럽게 진다"(「노을이 진다」)는 구절을 읽으면 지난날을 반추하며 쓸쓸한 심정이 겹친다. 외로움은 생명체에게 주어지는 숙제라고 할 수 있다. 이것을 힘겨워만 하면 세월은 뭉텅뭉텅 흘러가 버린다. 마주한 외로움을 창조적으로 바꾸는 작업이 시작(詩作)이 아닌가.

"섣달그믐날이 가기 전/ 내가 정리를 할 일들이/ 무엇이 있을까.// 주변에 신세를 진 분께/ 안부와 인사를 전하고/ 묵은 편지에 답장을 하고/ 마음에 진 빚을 갚는다"(「섣달그믐날」)는 대목이 있는가 하면 「새 봄, 새 희망」에서는 "흰소띠 해, 2021년/ 신축년이 밝았어요/ 어둠이 깊은 곳에서/ 새벽빛이 움트듯이/ 한겨울 땅속 밑으로/ 새 기운이 꿈틀거려/ 암울한 겨울 이겨내/ 새 봄, 찬란한 희망을/ 함께 꽃피워 갑시다"라고 서술하여 송구영신의 다짐이 파악된다.

「꼬부랑 소나무」에서는 "대왕산 남쪽 줄기 고갯길/ 홀로 선 노송 한 그루/ 삼백 년 마을 지키면서/ 꼬부랑 할머니 되었다// 경주김씨 종산을 바라보며/ 영조대왕을 기리면서/ 정2품 벼슬까지 버리고/ 꿋꿋이 마을을 지켜 왔다", "대천의 역사를 또 한 줄 써내려간다"고 피력한다. 마을 지킴이가 되는 노송의 생명성과 의지가 나타나며 가족애도 흐른다.

흰 소나무를 "꼬부랑 할머니"로 옮겨 놓은 은유는 단순히 유사성을 나타내는 것에서 일련의 연상을 일으키는 것까지 여러 역할을 한다. 그래서 은유는 시에서 보조적인 아름다움으로부터 나아가 중심 개념과 지배적인 상징이 된다. 시적인 것의 본질은 전이, 즉 은유라 일컬을 수 있다. A라는 대상을 A 그대로 표현하기보다 A를 B로 말할 때 시의 맛과 멋이 살아난다. 은유가 없으면 심심하고 산문에 가깝다. 아리스토텔레스가 은유를 이름 부르기의 '전이양식'이라고 표현한 점은 의미심장하다. 은유는 이처럼 상상력과 수사의 토대를 이룬다.

「연결고리」에서 "끊어진 듯해도 어딘가 이어진 곳이 있겠지요// 세상과 세상이 그렇듯 마음과 마음의 고리는// 이어진 듯이 끊어졌고 끊어진 듯이 이어져// 분명히 연결고리 있어요// 오래 살다 보면 연결고리가 있"듯 구체적인 연결고리로서 시적 장치를 찾아보게 된다.

아는 것과 깨닫는 것과 형상화는 층위가 각각 다르다. 앎은 지식의 영역이고 깨달음은 지혜의 테두리이며 형상화 작업은 기술에 해당한다. 시는 이들을 버무리고 녹여 내어 구현하는 것이다. 시인이 갖가지의 주변 사물이나 자연에 대해 관찰의 안테나를 세우는 이유는 무엇일까. 사물들 속으로 들어가 보고 자연의 말에 귀를 기울이는 것은 이들과 교감에 있다.

억새풀이 억세게 바람에 출렁인다

영남 알프스 은빛 가을 햇솜처럼

부풀어 오른 억새풀

억세게 출렁인다

늦가을 억새바다

은빛 억새가 하늘 누빈다

백두대간 등줄기가

하늘을 뚫을 기세로

솟아오른다

영남알프스의 관문 간월재,

달이 넘어가는 마루고개

하얀 눈이 쌓인다

억새풀 슬피 울어, 울어

가을 오는 소리를 낸다

- 「늦가을 억새바다」 전문

순조롭게 읽히는 표제시이다. 억새를 보는 감흥을 순간적으로 포착하였다 하더라도 바탕에 깔린 생각은 금방 나온 게 아닐 것 같다. "억새풀이 억세게 바람에 출렁인다"는 도입부터 즉 "억새풀", "억세게"라는 발음부터 어조가 강하다. 모진 세월 억척스럽게 견디며 살아왔을 듯하다. 2연은 "은빛 억새"가 "백두대간 등줄기가" 되어 "하늘을 뚫을 기세"이다. 역시 강인한 느낌이 전달되고 여기서 시간의 추이와 역사성까지 유추된다.

시인이 이 시의 제목을 그냥 '억새바다'로 하지 않

고 '늦가을'이라는 시기를 설정해 넣은 것은 그만큼 시간의 흐름이 각인되어 그렇지 않나 싶다. 3연은 날씨가 구체적으로 드러난다. "하얀 눈이 쌓"이고 "억새풀 슬피 울어, 울어"라고 술회한다. 억새가 운다며 첩어로 표기하는 만큼 강조하는 의도가 보인다. 이런 점을 종합해 볼 때 "늦가을"이라는 시간성에 "억새"가 "바다"처럼 출렁이는 "영남알프스의 관문 간월재" 고갯마루라는 공간성에 집중하는 시인의 의식을 엿볼 수 있다.

공간과 시간은 시에서 불가분의 관계이다. 칸트는 『순수이성비판』에서 "시간은 우리의 내적 상태를 직관하는 형식이다. 시간은 모든 현상 일반의 형식적 조건이기 때문이다. 그리고 공간은 모든 외적 직관 작용의 근저에 있는 필연적인 표상이다. 공간 안에 대상이 없는 일은 생각할 수 있으나 공간이 전혀 없다는 것은 생각할 수 없기 때문이다. 따라서 공간은 외적 현상의 근저에 반드시 있어야 하는 선천적 표상이다"라고 말한다.

이렇듯 인간의 의식에는 근원적으로 시간과 공간에 대한 의식이 있고 이것이 시문학의 기본적인 틀로 작용한다. 시의 원천인 시간과 공간의 질료들이 인간의 의식을 거쳐 언어로 현현되는 것이다. 따라서 시간과 공간은 시를 이해하는 데에 근본적으로 작용하는 원리라고 할 수 있다. 이 역시 김이환의 시 읽기에 유용하다.

개인의 역사 혹은 개인이 속한 사회적 시대적 상황이란 단절된 것이 아니라 과거에서 현재를 거쳐 미래로 나가는 변증법적 시간의 일부다. 따라서 시인의 경험은 시대의 제약을 받게 되며 사회적이다. 거시적으로 역사적 관계망에 놓인다. 실존으로서의 현실성을 시인은 표출하게 되는 것이다. 공간은 세계를 인식하는 하나의 방편이자 경험을 구조화하는 넓은 의미의 인성 구조에 해당한다. 인생의 희로애락을 시간이라는 종의 개념과 공간이라는 횡의 개념으로 조직하여 형성되는 시의 속성을 따르고 있다. 시간과 공간을 통해 시인의 지향점 이를테면 이 시에는 아쉬운 감정과 겸허한 마음가짐이 전해지는 것이다.

가을 하늘 높고 맑아
삼라만상 아름답다
옛것 익혀 오늘을 살고
오늘 지나 내일로 간다
맞다, 맞다, 그게 맞다!

꽃향기는 멀리를 가고

낙엽 소리는 더 멀리 간다

그리움은 한없이 길지만

사랑은 멀고도 가깝다

맞다, 맞다, 그게 맞다!

– 「맞다, 그게 맞다」 전문

높고 맑은 가을 하늘을 보면 가슴이 트인다. 이런 기분을 꾸밈없이 별다른 시적 장치 없이 진술하고 있다. "옛것 익혀 오늘을 살고/ 오늘 지나 내일로 간다" 의식은 평범한 듯하지만 진리를 내포하고 있다. 이 대목에서 질문을 해본다. '단절과 고립 속에서 사는 삶은 온전한가', 이 시를 보며 '아니오'라는 대답이 절로 나온다.

삶은 시간성과 공간성에 의해 연속된다. 사람은 주위와 어울려 산다. 담소를 나누거나 물건을 교환하며 메일을 주고받는 식으로 소통하며 지낸다. 물론 제대로 이루어지지 않아 허한 경우가 있다. 시는 이런 심상을 환기하는 장르이다. 고독 속에서 자기를 들여다보는 시기가 필요할 때가 있고 그런 계기로 내면은 깊어진다.

그러나 무한정 사회와의 연결고리를 끊고 지낼 수는 없는 노릇이다. 너무 외롭게 지내면 인생이 냉담해진다. "삼라만상"은 놀라운 섭리가 있다. 시인은 이것을 "아름답다"고 담백하게 말한다. 자세히 설명하지 않아도 이해가 된다. 독자가 저마다의 방식으로 감상하면 되고 자연스럽게 읽히는 구절이다. 2연 "그리움은 한없이 길지만/ 사랑은 멀고도 가깝다"에서 마음이란 미묘하다는 생각이 든다. 이런 걸 보면 물리적인 거리가 중요하지 않다. 생각하기에 따라 가깝게 느껴지기도 하고 멀게 다가오는 마음의 거리. 시인은 이런 사랑의 본질에 대해 사유하고 인정한다.

달랑 남은 나뭇잎새
바람 따라 휘날린다
달랑 남은 달력 한 장
세월 따라 휘날릴 때
내 손으론 찢을 수 없어
바람만 탓한다.
썰렁한 저녁 찬바람에
뭉클해 저미는 숫자들
홍시나무에 까치 한 쌍

재잘거리며 노을을 먹는다

-「마지막 달력」 전문

　"달랑 남은 나뭇잎새"와 "달랑 남은 달력 한 장"은 서로 마지막이라는 점에서 공통점이 있다. "썰렁한 저녁 찬바람에" 화자는 지나간 시간이 아쉽고 "뭉클해"진다. 마지막 달력 앞에 서면 소중하고 절실해지나 보다. 달력은 숫자에 따라 날이 시작되고 마치기를 반복한다. 그러고 보니 삶도 이와 같다. 시작은 이별을 향해 간다. 묵은 감정들을 보내고 해원을 해야 회복도 거뜬할 것이다.

　우리가 산 날들은 어디로 가는가? 마지막 달력을 보며 생각이 꼬리를 문다. 우리는 연속되는 시간의 흐름 속에서 있다. "까치 한 쌍"이 "재잘거리며 노을을 먹는" 모습에는 잔상이 어린다. 이 모습도 영원하지 않을 것이다. 그러므로 그때그때 충실해야 하는 게 아닐까. 두 번 반복하지 않는 365일이 모인 한 해가 긴 그림자를 끌고 간다. 물드는 노을이 아름다운 것은 여러 빛이 동시에 물들기 때문이다. 노랑다가 주황이며 붉기도 하고 푸른 멍 같다가 보랏빛이 섞이듯 여러 감정과 생각을 대변하는 것이다. 다사다난했던 인생을 돌아보며 정리하는 심정이 이와 같다.

대체로 김이환의 시편들은 세상사의 곡절을 성찰
한 기록이다. 장황한 요설이나 어려운 용어로 진행하
지 않는다. 읽으면서 이해되고 사색에 잠기는 시어들
이 등장한다. 현실을 대하는 화자의 시선은 침착하다.
욕망을 전면화하기보다 이성의 영역으로 삶의 실존
에 대한 통찰이 이어진다.

창포꽃, 붓꽃처럼 핀

노란색 겨울 꽃

독특한 향기 속에서

쓴맛, 단맛 내는 귀한 향신료

벌꿀들이 찾아드는

금보다 비싼 사프란

환희는 순간이고 지나간 행복일 뿐이다

쓴맛은 오래 기억되고 단맛은 순간일 수 있다

은은한 향에 취해서

귀하게 쓰임 받는 사프란

겨울에 외롭게 피는

사프란꽃을 품는다

– 「사프란 겨울 꽃」 전문

고귀한 정신으로 "사프란"을 치환하여 음미해도 좋겠다. 사프란이 "독특한 향기"를 지니고 "쓴맛, 단맛 내는 귀한 향신료"이자 "금보다 비싼" 대상이라고 글자 그대로 읽으면 단순하다. 1연은 사프란의 특성을 짚어내는 제시부이며 발전부와 재현부가 되는 2연 및 3연을 주목할 필요가 있다. "순간"보다 "오래"를 추구하고 외로워도 귀한 쓰임은 바로 예술혼에 깃들어 있다. 추구하는 시인 정신을 살필 수 있는 시이다.

이렇게 시문학은 외롭고 고귀하다. 궁극에는 인간을 자유롭게 하며 존재한다. 많든 적든 가혹한 세계 속에서 고통 받는 사람들. 원초적인 갈망과 좌절과 부끄러움을 겪는 사람들. 물론 기쁨도 있다. 그러나 이 시에서 언급하듯 "환희는 순간이고 지나간 행복일 뿐이다". 사프란 꽃은 맑은 영혼으로 시인을 위로해 준다. 시인은 이 꽃을 통해 넓은 세계를 응시하며 "귀하게 쓰임 받는" 것을 지향한다. 여기서 그치지 않고 여생을 어떻게 살아갈지 생각한다. 나날의 일상이 중요한 이유가 바로 여기에 있다.

공감시인선 29

늦가을 억새바다

ⓒ 김이환, 2021

지은이_ 김이환

발행인_ 이도훈
펴낸곳_ 도서출판 도훈
초판발행_ 2021년 8월 20일

사무실_ 서울시 서초구 법원로3길 19 2층, w109호
　　　　(서초동, 양지원빌딩)
전　화_ 010-6722-4621, 0507-1453-4621
팩　스_ 0504-227-4621
이메일_ flyhun9@naver.com
홈페이지_ http://dohun.kr

ISBN_ 979-11-89537-81-4 03810
정　가_ 10,000원